AF296135

UN POISSON D'AVRIL

SUIVI DE

LA SELLETTE

PAR

JULIE GOURAUD.

PRIX : 50 centimes.

LIBRAIRIE CATHOLIQUE

PERISSE FRÈRES

Nouvelle Maison à PARIS, rue Saint-Sulpice, 38.

BOURGUET-CALAS ET C^le, SUCCESSEURS

—

Propriété.

UN POISSON D'AVRIL

PERSONNAGES.

Mme JOUBERT.
HÉLÈNE, âgée de 12 ans
EUGÉNIE, âgée de 11 ans } ses enfants.
LÉON, âgé de dix ans.
GEORGINA, nièce de Mme Joubert.
MODESTE, femme de chambre.
ROBERT, domestique.
Une marchande de bonbons.

La scène se passe à Paris.

SCÈNE Iᵣₑ

MADAME JOUBERT (*écrit*),
HÉLÈNE ET EUGÉNIE (*travaillent*).

MADAME JOUBERT.

Hélène, regarde quel quantième nous tenons aujourd'hui.

HÉLÈNE.

Je n'ai point besoin de me déranger, maman, pour vous dire que c'est aujourd'hui le 1ᵉʳ avril. (*Elle soupire.*)

MADAME JOUBERT.

Avec quelle tristesse tu m'annonces le premier jour d'un mois qui ramène la verdure et les fleurs dans nos jardins !

EUGÉNIE.

Le 1er avril lui tourne la tête; par bonheur il n'y en a qu'un dans l'année.

MADAME JOUBERT (*se tournant vers ses filles*).

Explique-moi ce mystère, Hélène.

HÉLÈNE.

Ma chère maman, je redoute les poissons que chacun sans doute me prépare.

MADAME JOUBERT.

Tu me rassures; jamais on n'a ouï dire que ces poissons-là aient donné la plus légère indisposition.

EUGÉNIE.

Pardonnez-moi, maman, celui qu'Hélène a si bien avalé l'an passé lui pèse encore.

MADAME JOUBERT.

Quel enfantillage! Je n'aurais certes pas deviné le sujet de ta préoccupation.

HÉLÈNE (*se lève*).

Avouez, maman, que ces sortes de plaisanteries sont du plus mauvais goût, et que Georgina avec ses quinze ans pourrait bien les supprimer; mais je suis sûre qu'elle va encore se jouer de moi. C'est fort mal.

MADAME JOUBERT.

Je ne suis pas si sévère que toi : Georgina est une charmante espiègle, à qui je passe volontiers la fantaisie des poissons d'avril ; cependant il est probable que c'est la dernière année qu'elle se livrera à ce plaisir.

HÉLÈNE.

Cette probabilité ne me console qu'à demi : Georgina, assurément, voudra faire une fin brillante, et je serai d'autant plus sa victime.

MADAME JOUBERT.

Tu en riras.

HÉLÈNE.

En rire ! non vraiment ; j'entrerai en fureur, ces bêtises-là m'exaspèrent.

MADAME JOUBERT.

Ma fille !

HÉLÈNE, *d'un ton plus doux.*

Convenez, ma chère maman, qu'il n'y a rien de si déplaisant que d'être attrapée.

MADAME JOUBERT.

C'est selon. Les uns en rient, les autres se fâchent.

HÉLÈNE.

Je me fâche.

MADAME JOUBERT.

C'est la preuve que tu as beaucoup d'amour-propre. Si j'étais sûre de te guérir...

SCÈNE II.

LES PRÉCÉDENTES, GEORGINA.

GEORGINA.

Bonjour, chère tante ; j'ai profité de ce beau

soleil pour venir passer la journée avec vous. Me pardonnez-vous d'être arrivée sitôt?

MADAME JOUBERT.

Ta présence me réjouit toujours, chère enfant, et aujourd'hui elle me sera fort utile.

GEORGINA.

Utile! Vous m'étonnez! Eh bien! mes cousines, êtes-vous muettes ou fâchées de me voir?

EUGÉNIE.

Ni l'un ni l'autre, ma cousine. (*Elle l'embrasse.*)

HÉLÈNE.

Mon expansion est comprimée par le 1er avril... Je me méfie de toi, méchante..

GEORGINA.

Ah! ah! tu as peur des poissons... Regarde ma grande taille; crois-tu qu'une demoiselle de quinze ans veuille compromettre sa dignité?

HÉLÈNE.

Tes airs ne me rassurent pas du tout.

GEORGINA.

Tu ébranles ma résolution...

MADAME JOUBERT.

Si tu veux, Georgina, je serai ton compère?

HÉLÈNE.

Oh! maman, vous avez trop d'esprit et vous aimez trop la vérité, pour jouer à mentir.

MADAME JOUBERT.

Une plaisanterie admise par l'usage n'est point un mensonge. Tu exagères, Hélène, et si tu apportes dans la société cette roideur et cette susceptibilité, tu n'y trouveras qu'ennui et déception.

EUGÉNIE.

Je ne pense pas comme ma sœur, le 1er avril m'amuse beaucoup.

HÉLÈNE.

Joliment! Je n'ai pas oublié la mine que tu fis l'an passé lorsque mon oncle Henri, t'ayant éveillée en sursaut pour aller chercher un paquet dans le cabinet de papa, tu revins les mains vides.

EUGÉNIE.

Tu conviendras au moins que ma mine allongée ne m'a pas empêchée de rire avec les autres.

MADAME JOUBERT *ferme son secrétaire.*

Georgina, viens avec moi, j'ai à te parler.

(Elles sortent.)

SCÈNE III.

HÉLÈNE, EUGÉNIE, LÉON.

LÉON.

Hélène, Modeste te prie d'aller essayer ta robe.

Hélène ne répond pas et continue à travailler.

LÉON *s'approche, et lui crie aux oreilles :*

Va essayer ta robe.

HÉLÈNE.

Je ne suis pas sourde, mon frère.

LÉON.

Je l'ai cru. Va vite.

HÉLÈNE.

Dis-tu vrai?

LÉON *surpris*.

Tu plaisantes ! Est-ce que je mens, par hasard?

HÉLÈNE.

Mon cher, on dit que la vérité n'est pas de rigueur le 1er avril.

LÉON.

Tiens, je n'y pensais pas.

EUGÉNIE.

Ne l'oublie pas, au moins.

HÉLÈNE.

Ma sœur, ne te mets pas de la partie : Léon est trop charitable pour me tourmenter. Mais Georgina... croyez-vous qu'elle me prépare quelque tour de sa façon?

EUGÉNIE.

Je le désire de tout mon cœur ; car vraiment tu deviens ennuyeuse avec tes poissons. Va essayer ta robe.

HÉLÈNE.

J'y vais ; mais ce n'est pas parce que tu me le dis. (*Elle sort.*)

SCÈNE IV.

EUGÉNIE, LÉON, GEORGINA.

GEORGINA.

J'apporte une bonne nouvelle : un congé.

LÉON.

Quel bonheur !

EUGÉNIE.

Quand Georgette vient ici, il y a toujours quelque chose de bon à espérer.

GEORGINA.

C'est que je me souviens d'avoir été petite.

LÉON.

Et moi aussi ; c'est pourquoi je joue avec Raoul.

SCÈNE V.

LES PRÉCÉDENTS, HÉLÈNE.

EUGÉNIE.

Ma chère, nous avons congé, rangeons nos cahiers.

HÉLÈNE.

Que dira miss Lamb, si notre devoir n'est pas fait ?

LÉON.

Tu es trop studieuse ; quand maman donne un congé, il faut l'accepter sans cérémonie.

GEORGINA.

Tu as raison ; préparons-nous, nous allons sortir avec ma tante. (*Elle sort.*)

SCÈNE VI.

HÉLÈNE, EUGÉNIE, LÉON.

HÉLÈNE.

Vous croyez que nous allons sortir peut-être?

EUGÉNIE.

Certainement. Il fait assez beau pour que maman ait cette pensée.

HÉLÈNE.

Préparez-vous ; moi, je ne bouge pas d'ici.

LÉON.

Viens donc. Je te promets que ce n'est pas une attrape.

HÉLÈNE.

Je n'irais pas pour un empire !..

EUGÉNIE.

Lequel, ma sœur ?

HÉLÈNE.

Laisse-moi tranquille.

LÉON.

Nous viendrons te chercher tout à l'heure.

SCÈNE VII.

HÉLÈNE *seule, avec agitation.*

Georgina sera bien fine, si elle me prend...

J'aimerais mieux m'ennuyer toute la journée, que de tomber dans ses pièges... Je la devine... Elle veut nous prendre tous les trois ensemble pour détourner mes soupçons... Mais ils ne reviennent pas !... S'ils étaient vraiment sortis ?

On entend du dehors la voix d'Eugénie : Hélène, Hélène, adieu !

Hélène court à la fenêtre et voit passer dans la cour sa mère, avec Georgina, Eugénie et Léon.

Ils sortent ! C'est vrai !

Elle se retire de la fenêtre. — Elle pleure...

C'est égal ; je suis enchantée de ne pas y être allée... Si j'avais su...

Ils ne seront peut-être pas longtemps...

Au fait, je peux bien m'amuser toute seule...

Ee chante, en ouvrant un tiroir contenant plusieurs jeux. Ee les regarde...

Bah ! Tout cela m'ennuie...

Elle donne un coup dans la table et le tiroir tombe.

Tant pis ! je ne te ramasserai pas.

SCÈNE VIII.

HÉLÈNE, UNE MARCHANDE DE BONBONS.

LA MARCHANDE.

Bonjour, Mademoiselle, je viens de la part de Mlle Georgina, votre cousine, vous apporter

des boîtes de bonbons pour que vous en choi-
sissiez une belle.

HÉLÈNE.

Des bonbons! Quelle idée! Le jour de l'an est
passé, Mademoiselle.

LA MARCHANDE.

Oh! mais, il n'y a pas de jour dans l'année où
une jolie boîte de bonbons ne soit agréable.

HÉLÈNE.

C'est vrai... mais cela me fait mal aux dents...
je n'en veux pas.

LA MARCHANDE.

Ah! Mademoiselle, il y a bien longtemps que
je suis dans le commerce, et jamais je n'ai vu
refuser une boîte de bonbons.

HÉLÈNE.

Je ne trouve pas cela si extraordinaire! Au
reste, laissez une boîte, si vous voulez, mais je
n'y toucherai pas.

LA MARCHANDE.

En voici une bleu et or charmante.

HÉLÈNE.

Précisément je veux celle qui est verte.

LA MARCHANDE.

Comme vous voudrez; mais Mlle Georgina a
choisi celle que je vous ai offerte.

HÉLÈNE.

Je veux la verte, mettez-la sur la table.

(*La marchande obéit, tout en regardant la petite fille d'un air très étonné.*)

LA MARCHANDE.

Au revoir, Mademoiselle.

HÉLÈNE.

Bonjour; je n'y toucherai certes pas.

SCÈNE IX.

HÉLÈNE, MODESTE.

MODESTE.

Mademoiselle me demande?

HÉLÈNE.

Pas du tout.

MODESTE.

Qu'est-ce que dit donc Robert?

HÉLÈNE.

Ma pauvre Modeste, c'est sans doute un poisson d'avril.

MODESTE (*riant*).

Est-il bête ce Robert! il a attendu que j'aie grimpé au garde-meuble pour me faire dégringoler. Ah! bien, je me vengerai. (*Elle sort*).

SCÈNE X.

HÉLÈNE, EUGÉNIE, LÉON, GEORGINA.

LÉON.

J'espère qu'elle est jolie ta boîte! les nôtres sont pareilles. (*Il montre la sienne.*)

HÉLÈNE.

La mienne est verte.

GEORGINA.

Je regrette que tu n'aies pas pris la bleue, ma chère, car les bonbons y sont assortis d'une manière remarquable.

EUGÉNIE.

Des petits *tortillons* de Verdun qui remplissent le vide, c'est serré, serré.

GEORGINA.

As-tu fait ton devoir d'anglais?

HÉLÈNE.

Veux-tu donc m'ôter ma part de congé?

GEORGINA.

Loin de là, ma chère, j'ai voulu te la faire belle.

LÉON.

Voyons ce qu'il y a dans ta boîte.

HÉLÈNE.

Ouvre-la, je n'y ai pas encore regardé.

LÉON (*ouvre la boîte*).

Elle est vide !

GEORGINA.

Est-ce possible ! quelle étourderie !

HÉLÈNE.

Cette surprise n'en est pas une pour moi, *j'en étais sûre.*

GEORGINA.

Fi donc ! Hélène, comment peux-tu croire que j'aie voulu te mystifier ?

HÉLÈNE.

Puisque c'est chose convenue aujourd'hui, je ne dois pas m'en fâcher.

GEORGINA.

Je t'assure, mon enfant, que la boîte bleue était remplie d'excellents bonbons.

EUGÉNIE.

Écoutez, je me rappelle que Mlle Toinette a pris un paquet de boîtes vides pour les porter chez une dame.

LÉON.

Voilà le mystère.

GEORGINA.

Je vais envoyer Robert sur-le-champ pour réparer cette erreur. (*Elle sort.*)

EUGÉNIE.

En attendant, goûte à mes bonbons; cela te remettra dans le vrai. (*Hélène sourit et prend des bonbons.*)

SCENE XI.

LES PRÉCÉDENTS, ROBERT, *portant un registre.*

ROBERT.

Mademoiselle Hélène veut-elle avoir la bonté de signer le registre? voici un paquet à son adresse.

EUGÉNIE *se précipite sur le registre.*

C'est de mon oncle Henri! Hum!

HÉLÈNE.

Cette fois-ci la chose est claire. Eugénie, je te cède mon droit d'aînesse.

SCÈNE XII.

LES PRÉCÉDENTS, MADAME JOUBERT, GEORGINA.

GEORGINA.

Imprudente, réfléchis!

HÉLÈNE.

Mon oncle Henri ne néglige jamais l'occasion de faire une plaisanterie, et certes je ne peux pas croire que ce paquet arrive aujourd'hui par hasard.

MADAME JOUBERT.

Tu persistes à suivre ton plan.

HÉLÈNE.

Si vous le permettez, ma chère maman.

MADAME JOUBERT.

J'y consens très volontiers.

EUGÉNIE.

Je ne suis pas sans défiance; mais je risque le paquet. (*Elle tend la main à sa sœur.*) Touche là; tu ne te dédiras pas.

HÉLÈNE.

Je te le promets. *Eugénie signe et s'empare du paquet; elle le pose sur une table, qu'entoure aussitôt tout le monde. Toutes les mains cherchent à ouvrir le paquet. Eugénie a de la peine à maintenir son droit. (Robert sort.)*

EUGÉNIE.

Oh! des boîtes de cotignac! un petit paquet ficelé, ficelé!

HÉLÈNE.

C'est là le trésor; ma chère, prends garde qu'il ne t'échappe!

EUGÉNIE.

C'est égal, si je suis attrapée, j'aurai une douce compensation. (*Elle ôte successivement une dou-*

*zaine de papiers, jette un cri de surprise et de joie
en montrant à la société un joli nécessaire.)*

GEORGINA.

Voilà un poisson distingué.

HÉLÈNE.

Je regrette de l'avoir détourné de sa première
destination.

MADAME JOUBERT.

J'en suis charmée, chère enfant; j'espère que
la leçon que tu t'es donnée aujourd'hui portera
ses fruits.

HÉLÈNE.

Je vous en réponds, maman.

GEORGINA.

Tu n'as évité mes filets que pour te prendre
toi-même.

EUGÉNIE.

Mangéons notre cotignac!

MADAME JOUBERT.

Souvenez-vous, mes enfants, que

L'esprit qu'on veut avoir gâte celui qu'on a.

LA SELLETTE

PERSONNAGES.

Mme Didier.
Louise, âgée de 12 ans $\quad$
Yvonne, âgée de 10 ans $\Big\}$ ses enfants.
Alphonse, âgé de 9 ans $\quad$
Laure Delatte, sœur de Georges.
Georges.
Mme Lamotte.
Aline et Amélie, ses filles.

SCÈNE PREMIÈRE.

On est à la campagne.

La scène représente un grand salon. Mme Didier entre, suivie de plusieurs enfants ; on voit qu'ils ont couru.

Mme DIDIER, ses Enfants.

Mme DIDIER.

Dans quel état vous êtes, mes chers enfants ! Je vous croyais assez raisonnables pour penser qu'il n'est pas sans danger de courir à l'ardeur du soleil.

LES ENFANTS.

Nous nous amusions tant !

YVONNE.

Quand on joue, on ne pense pas.

LOUISE.

J'aime bien le beau temps; mais j'en veux au soleil de nous forcer de rester renfermés pendant plusieurs heures.

Mme DIDIER.

Amusez-vous ici jusqu'à ce que le soleil se couche, et la prairie ne vous en semblera que plus belle.

YVONNE.

Si nous jouions à la sellette!

ALPHONSE.

Cela m'en promet!

YVONNE.

Mon frère, ne dis pas de mal de la sellette : elle t'a été plus utile que tes bouquins; grâce à elle, tu es devenu charmant.

LOUISE.

Laure, que dites-vous de la proposition d'Yvonne?

GEORGES.

Laure a peu de goût pour ce jeu-là.

LAURE.

C'est un jeu qui finit toujours mal.

YVONNE.

Comment donc? Il est si amusant!

LAURE.

Un bel amusement de s'entendre dire ses défauts!

YVONNE.

On reçoit aussi des compliments; d'ailleurs, ma chère, nous savons bien que nous avons des défauts, et certes nous voulons nous en corriger.

On entend une voiture. Les enfants courent à la fenêtre.

LOUISE.

Aline et Amélie! Quel bonheur! (Les enfants sortent.)

SCÈNE II.

Mᵐᵉ DIDIER, Mᵐᵉ LAMOTTE, ALINE, AMÉLIE, ses Filles, et les Précédentes.

Mᵐᵉ LAMOTTE.

Oui, Madame, nous partons pour les eaux, c'est une visite d'adieu que nous venons vous faire.

Mᵐᵉ DIDIER.

Une visite de campagne, bien entendu; vous passerez la journée avec nous.

YVONNE, LOUISE, ALPHONSE.

Oh! oui, Madame!

Mme LAMOTTE.

Je suis venue avec la volonté de ne pas refuser l'aimable invitation que je pressentais.

YVONNE.

Quel bonheur! Otez vos chapeaux, chères
amies, nous allons jouer à la sellette.

Mme DIDIER.

Comme je redoute le bruit de votre cour de
justice, nous allons nous retirer dans le billard,
d'où nous vous verrons.

SCÈNE III.

LES PRÉCÉDENTES, excepté les deux mères.

YVONNE.

Mon frère, apporte le tabouret de velours : il
faut que le patient soit bien assis. (Alphonse apporte
le tabouret.)

ALINE.

Qui aura le courage de s'y asseoir le premier?

AMÉLIE.

Moi!

ALPHONSE.

Pardon, Mademoiselle, je ne le souffrirai pas !

LOUISE.

Bravo ! voilà qui est poli. Allons, mon cher, bouche-toi les oreilles, je vais recueillir les voix.

YVONNE.

Alphonse, n'écoute pas ; ferme les yeux et chante, ce sera plus sûr. (Il obéit à sa sœur).

Louise recueille les voix et s'assure de la pensée de chacun.

LOUISE.

Maintenant, monsieur mon frère, écoutez bien et profitez : tu es sur la sellette parce que tu as un bon caractère.

ALPHONSE.

Ah !

LOUISE.

Attends, attends ; parce que tu prends les plus grosses prunes, quand Pierre te passe l'assiette... ; parce que ton nez est un peu de travers... ; parce que tu manques toujours le solo de la pastourelle...

ALPHONSE.

Yvonne.

LOUISE.

Tout juste.

Yvonne fait semblant de se sauver. Les enfants courent; ils crient, ils rient; Alphonse attrape enfin sa sœur, qui, continuant le rôle de rebelle, se laisse asseoir sur le tabouret; on lui lie les pieds et les mains.

ALPHONSE.

Ah! tu ne nous échapperas pas! Quand on propose une sellette à ses amis, il faut, à son tour, en goûter les charmes.

YVONNE.

Oh! que j'ai peur!

ALINE.

Du courage.

SCÈNE IV.

Les Précédentes, Mme DIDIER, Mme LAMOTTE.

Mme DIDIER.

Quel tapage ! que se passe-t-il donc?

ALPHONSE.

Maman, c'est Yvonne qui veut nous échapper, mais nous la tenons.

Mme DIDIER.

Vous faites bien , commencez , nous dirons tous notre mot sur ce malin personnage.

LES ENFANTS.

Quel plaisir !

Aline recueille les voix. Yvonne affecte un air consterné.

ALINE, haut.

Mlle Yvonne est sur la sellette, Messieurs, Mesdames, parce qu'elle l'aime beaucoup ; parce qu'elle est toujours décoiffée, parce qu'elle mord ses ongles, parce qu'elle commence toutes ses phrases par ces mots : moi... je...

YVONNE.

C'est maman qui a dit cela, j'en suis sûre !

Mme DIDIER.

Précisément.

YVONNE.

Je propose à la société que nous mettions une maman sur la sellette.

Alphonse rend la liberté à Yvonne.

LOUISE.

Tu n'y penses pas, Yvonne.

YVONNE.

J'y pense, au contraire. Ah ! si maman voulait s'asseoir !

Mme DIDIER.

Volontiers. On dit que la vérité sort toujours de la bouche des enfants; je ne puis donc que gagner à cette épreuve.

YVONNE.

Moi, je... ah !... je dis tout ce que je pense !

LAURE, bas.

Un peu trop souvent.

Yvonne recueille les voix. — Haut, avec un peu d'émotion.

Ma chère maman, vous êtes sur la sellette, parce que vous êtes chérie de vos enfants, parce que vous donnez beaucoup aux pauvres, parce que vous êtes aimable pour les petits amis de vos enfants, parce que vous avez veillé la femme du jardinier la nuit dernière.

Mme DIDIER, se levant.

Il y a trahison. J'accuse mes enfants.

YVONNE.

Oui, ce sont vos enfants qui vous ont jugée, parce qu'ils vous connaissent.

Mme DIDIER.

Voilà des juges bien indulgents !

YVONNE. »

Vous êtes si bonne !

Louise, Alphonse et Yvonne sautent en même temps au cou
de leur mère.

Mme DIDIER.

Ce qui est certain, c'est que j'ai de bons et
aimables enfants ; j'en rends grâces au Ciel.

Les dames se retirent.

SCÈNE V.

LES ENFANTS.

GEORGES.

Puisque l'ordre de la séance a été interrompu,
il faut que le sort décide qui de nous prendra
cette bonne place.

AMÉLIE.

Excellente idée ! Ecrivons nos noms, et la
plus jeune tirera.

YVONNE.

C'est moi.

Les noms sont bien vite écrits, le nom de Laure sort de l'urne.
Laure rougit, paraît vivement contrariée ; elle s'assied en si-
lence. Grande agitation parmi les membres du jury. Ils se retirent dans l'embrasure d'une fenêtre.

LAURE.

Voilà qui me promet du plaisir ! Quel bête
de jeu ! (Les enfants reviennent près du tabouret.)

AMÉLIE.

Mademoiselle, vous êtes sur la sellette, parce
que vous chantez très bien. (Laure se calme.)
Parce que vous avez de beaux cheveux. (Laure
sourit.)

AMÉLIE.

Parce que vous êtes susceptible.

LAURE.

Jamais personne ne m'a fait un pareil re-
proche.

AMÉLIE.

Permettez que j'achève... Parce que vous
avez un peu de prétention.

LAURE.

Il n'y a pas une personne au monde plus
simple que moi...

AMÉLIE.

Parce que vous préférez les compliments à
la vérité.

LAURE, se levant.

Je préfère la politesse à l'impolitesse. Je dé-

teste qu’on me donne des leçons quand je n’en
demande pas. (Elle sort.)

Les enfants restent stupéfaits.

SCÈNE VI.

Les Précédents, excepté LAURE.

GEORGES.

Je vous l’avais bien dit ; elle n’entend pas la
plaisanterie.

YVONNE.

Voilà un orage qui va gâter notre journée.
Comment faire ?

ALPHONSE.

Il faut la ramener en lui faisant nos excuses,
en l’assurant que nous n’avions pas l’intention
de la blesser.

YVONNE.

Je ne pourrais pas dire cela, ce serait mentir ;
je n’étais pas trop fâchée de lui dire ses vérités.

LOUISE.

Allons, Yvonne, sois gentille.

YVONNE.

Tu as raison ; mais comment faire à présent ?

GEORGES.

Allons la trouver. Je connais ma sœur; je suis sûr qu'elle est désolée de son coup de tête, pauvre Laure! Si on pouvait la corriger! Elle est si bonne!

LES ENFANTS.

Allons, allons la chercher.

Ils sortent par une porte. Laure rentre en même temps et tout doucement par l'autre.

SCÈNE VII.

LAURE, seule.

Ils me cherchent! Je suis honteuse de mon emportement. Quelle opinion les demoiselles Lamotte vont avoir de moi! Ma susceptibilité gâte tous mes plaisirs.

Elle réfléchit, elle marche, puis elle s'arrête. Haut et avec résolution :

Je suis décidée.

Laure se dirige vers la porte; elle rencontre les enfants.

SCÈNE VIII.

TOUS LES ENFANTS.

LAURE.

Mesdemoiselles, je vous cherche aussi, pour vous prier d'oublier ma mauvaise humeur; j'en suis vraiment confuse. Puisque je vous ai fait perdre du temps, permettez-moi de vous apprendre un nouveau jeu. (Les enfants ont l'air un peu surpris.)

LOUISE.

Volontiers, ma chère.

GEORGES s'approche de sa sœur.

Très bien, Laure. (Alphonse enlève le tabouret.)

LAURE.

Alphonse, laissez le tabouret, il est nécessaire.

YVONNE.

Comment s'appelle votre jeu?

LAURE.

L'aveu. Je vais commencer, pour vous en donner l'idée; asseyez-vous. (Laure est assise sur le tabouret.

« Mes chères amies, je conviens avec vous des défauts que vous m'avez reprochés il y a quelques instants. Ma susceptibilité vient d'un grand fond d'amour-propre. Ce défaut désole ma bonne mère; mais, si vous voulez m'admettre souvent dans votre intimité, je ne doute pas que vous ne m'aidiez à me corriger. Je vous demande pardon du mauvais exemple que je vous ai donné, et je suis bien convaincue maintenant que, si la vérité n'est pas toujours bonne à dire, il est toujours utile de l'entendre.

ALINE.

Mademoiselle, vous donnez un exemple de modestie et de simplicité dont nous profiterons à notre tour. Ma sœur et moi, nous vous demandons votre amitié, en vous priant d'accepter la nôtre; ne songeons plus qu'à nous divertir.

YVONNE.

Un instant ; cédez-moi votre place, Laure, car il faut que je vous avoue toute ma malice : j'ai été enchantée de vous voir sur la sellette, et je n'ai pas manqué de dire mon mot. Ah! vraiment je ne suis pas trop bonne! Maintenant, je comprends qu'il est plus facile de juger les autres que de s'accuser soi-même.

AMÉLIE.

Assurément, Laure est la reine de la fête.

YVONNE.

Oui, oui, allons dans la prairie lui faire une couronne de bleuets. C'est moi qui la lui poserai sur la tête.

Les enfants ouvrent la porte et s'élancent comme une bande de joyeux oiseaux.

Paris. — Imprimerie F. LEVÉ, rue Cassette, 17.